小學生同義詞自測
進階篇

U0108800

商務印書館

小學生同義詞自測（進階篇）

主　　編：商務印書館編輯部

責任編輯：洪子平

封面設計：涂　慧

出　　版：商務印書館 (香港) 有限公司

　　　　　香港筲箕灣耀興道 3 號東滙廣場 8 樓

　　　　　http://www.commercialpress.com.hk

發　　行：香港聯合書刊物流有限公司

　　　　　香港新界大埔汀麗路 36 號中華商務印刷大廈 3 字樓

印　　刷：中華商務彩色印刷有限公司

　　　　　香港新界大埔汀麗路 36 號中華商務印刷大廈 14 字樓

版　　次：2016 年 5 月第 1 版第 2 次印刷

　　　　　© 2015 商務印書館 (香港) 有限公司

　　　　　ISBN 978 962 07 0385 0

　　　　　Printed in Hong Kong

使用説明

　　「同義詞」是意思相同、相近的詞語。這些詞語放在一起會令你難以選擇，甚至越想越疑惑。這是一次有相當難度的挑戰！

(1) 把測試成績記錄下來。答對 1 分，答錯 0 分，每 50 題做一次小結，看看表現怎樣。

(2) 左頁每條題目提供 2-3 個同義詞給你選擇，請你根據句子內容，選出正確答案。

(3) 做完左頁全部題目，才翻開長摺頁核對答案。無論答對還是答錯，你都應該仔細閱讀右頁的解説，弄清楚這些詞語的區別。

(4) 完成所有測試後，可以把這本書當作「小學生同義詞讀本」使用。

即將 / 將要

這個星期日，學校教堂 _____ 舉行一場婚禮。

揭發 / 揭露

他們的陰謀詭計被 _____ 了。

教訓 / 教誨

小娟賽後還認真地總結失敗的原因，並吸取 _____ 。

檢查 / 檢測

作文是 _____ 語文表達能力的方法之一。

將要

即將：強調時間很近，很快就要發生。

將要：在不久之後發生，強調的是發生的必然性。

揭發

兩詞都是把事情公開，讓人知道的意思。

揭發：對象是壞人、壞事、錯誤或缺點。

揭露：強調使真相顯露出來。對象較廣，可以是壞人、
　　　壞事，也可以是一般的事物。

教訓

教訓：從錯誤、失敗中取得的知識，是中性詞。

教誨：老師、長輩的教導，是褒義詞。

檢測

檢查：查看、核對，把可能存在的問題找出來。

檢測：查看之後，還要用指定的方法進行測試。

堅定 / 堅決

要動手術了，爸爸卻
＿＿＿＿ 不願意使用
麻醉藥。

艱苦 / 艱辛

每個成功者的背後都
是一條充滿 ＿＿＿＿＿
的道路。

堅持 / 保持

再 ＿＿＿＿＿
兩分鐘，你
就跑到終
點了。

持續 / 繼續

這樣平靜的日
子沒有 ＿＿＿＿
多長時間。

堅決

堅定：穩定、不動搖、不改變，用來形容立場、主張、
　　　意志等。

堅決：下定決心、毫不猶豫，用來形容態度、行動等。

艱辛

艱苦：艱難辛苦，指十分困難。一般形容生活、工作等。

艱辛：更多強調辦事過程面對的艱難、辛苦。

堅持

堅持：堅決保護、維護或進行，着重表現個人的決心。

保持：維持原狀，使之不消失或減弱。

持續

兩者都有保持不斷的意思。

持續：中間沒有間斷。

繼續：中間可以間斷，然後再接續下去。

連續／陸續

典禮結束了，老師和嘉賓_____離場。

估算／推算

根據太陽、地球、月球運行的規律，可以_____日食和月食發生的時間。

計算／盤算

這次活動究竟花了多少錢，媽媽要求我們仔細地_____出來。

技能／技巧

閱讀和寫作是兩種不同的_____。

 **陸續**

兩詞都是進行下去、連接下去的意思。

連續：一個接一個、不間斷。

陸續：時斷時續、先先後後、有先有後。

 **推算**

估算：對事物的數量作大約的計算。

推算：根據已知的，推測未知的。

 **計算**

計算：運算、計劃，是實際行動。

盤算：反復運算、思考、計劃，是心裏面計算，不是實際行動。

 **技能**

技能：掌握並且能夠運用技術的能力，着重的是能力。

技巧：表現在工藝、運動等方面的巧妙的技能，着重是方法。

積累 / 積聚

吃得太多，消化不了，
脂肪 _____ 下來，就
會變成小胖子。

荒涼 / 荒蕪

新界很多農地，因為長
時間沒有耕作，也逐漸
_____ 了。

休閒 / 休憩

到郊外遠足是一項很好
的 _____ 活動。

中心 / 核心

志明很喜歡唱歌，更是學校唱歌班的
_____ 成員。

答案 **積聚**

積累：有一點一點地增加的意思，如分數、金錢。

積聚：把分散的東西聚集在一起。

答案 **荒蕪**

荒涼：形容野外無人，一片冷落。

荒蕪：因無人管理，長滿雜草的土地。

答案 **休閒**

休閒：在假日以各種玩樂的方式去放鬆身心，恢復體能。

休憩：身體感到勞累時，短暫地休息一會。

答案 **核心**

中心：處於主要地位，起主要作用的部分。

核心：強調事物或事情的重要性，賴以存在的那一部分。

痕跡 / 蹤跡

警犬嗅來嗅去，終於發現了逃犯的 _____。

即使 / 盡管

爸爸 _____ 有病，仍然堅持上班工作。

雄偉 / 宏偉

這首音樂太 _____ 了，真是激動人心！

觀察 / 觀測

這些 _____ 結果為警方提供了有力的證據。

10

蹤跡

痕跡：物體經過後留下的印記。

蹤跡：着重人或動物在行動後留下的痕跡。

答案 盡管

即使：既表示假設，也表示讓步，經常與「也」連用。

盡管：只表示是讓步，不表示假設，經常與「可是、但是、仍然」連用。

答案 雄偉

兩詞在使用範圍和配搭習慣有所不同。

雄偉：一般形容山峰、歷史建築物、樂曲、繪畫等。

宏偉：一般大型建築或計劃的宏大。

答案 觀測

觀察：仔細察看客觀事物或現象。

觀測：觀察之外，還進行測量、測度工作。

廣闊 / 廣泛

小芬的閱讀興趣很
_____，甚麼書
都看。

規劃 / 計劃

城市既要有水源，
也要有生活污水處
理的 _____。

仰慕 / 羨慕

他很有才華，成
就卓越，我們都
很_____他。

詳細 / 詳盡

你怎麼對我哥哥的經歷
了解得這般 _____？

答案 **廣泛**

廣闊：形容事物的面積很大，如草原、場面、胸襟等。
廣泛：涉及的方面很廣，範圍很大。

答案 **規劃**

「規劃」一般用於長遠的、重大的、全域性的事務，而
「計劃」用法很廣，沒有這些限制。

答案 **仰慕**

仰慕：嚮往之外，並帶有尊重、敬佩和欣賞的意思。
羨慕：嚮往之外，見到他人的長處、好處，自己希望也
　　　能擁有。

答案 **詳盡**

兩者都有周詳細緻的意思。
詳細：強調細緻。
詳盡：強調全面。

公佈 / 頒佈

中國把水杉的大名＿＿＿＿＿＿＿後，轟動了國際植物學界。

保證 / 保障

我＿＿＿＿＿晚上十時前能完成這些家課。

必定 / 必然

看過《悲慘世界》這本書，我才明白幸福並不是＿＿＿＿＿＿的。

維護 / 庇護

作為消費者，一定要＿＿＿＿＿＿自己的權益。

公佈

公佈：發佈法令、文告、團體通知等公開文件。
頒佈：公佈法令、條例等正規文件。

 保證

保證：側重於擔保，確保一定做到。
保障：側重於維護，確保使不受到侵犯和破壞。

 必然

兩詞都表示一定、肯定的意思，「必然」還可以做名詞，表示一定是這個樣子的意思。

 維護

維護：加以保護，免受外界的侵害。該侵害是經常出現的，通過維護可以避免或減輕傷害。
庇護：出於私心而無原則地支持或庇護某一方。

畢竟 / 究竟

_____ 宇宙有多大呢？

編排 / 編輯

每逢上下班時間，地鐵的班次 _____ 都會特別緊密。

邊疆 / 邊境

中國古代的長城，都是建在北方的 _____ 地區。

變化 / 變遷

隨着世界氣候的 _____，恐龍絕跡了，許多較小的動物卻活下來。

 **究竟**

「畢竟」和「究竟」都是到底的意思。
畢竟：只用於非疑問句，表示強調或肯定語氣。
究竟：一般用於疑問句，表示追查的語氣。

編排

編排：按照一定的目的依次排列。
編輯：對作品進行修改、整理或加工。

邊境

邊疆：靠近國界的領土，範圍較大。
邊境：靠近邊界的地方，範圍較小。

變遷

變化：人或事物出現了新的狀況。
變遷：強調變化之外，還轉移到另一種狀況，如時代變
　　　遷、環境變遷等。

變更 / 變換

為了減輕疲累，他不斷地 _____ 姿勢。

標記 / 標誌

地圖上有各種各樣的 _____ 。

不免 / 難免

人生 _____ 遇到各種各樣的困難，我們要盡量自己解決。

規劃 / 策劃

爸爸 _____ 並參與了這次新春慈善拍賣會。

答案 變換

變更：作出改變，更改了其中的內容。
變換：事物從一種形式或內容換成另一種。

答案 標誌

標記：為了引起注意的記號。
標誌：用來表明特徵的記號。

答案 難免

不免：免不了的意思。
難免：不容易避免。

答案 策劃

規劃：對未來一段時間的工作進行分析和合理安排。
策劃：帶有創造性的構想，並制訂實現這想法的計劃。

面臨 / 瀕臨

由於管理人員無能，公司已經_____絕境。

判斷 / 診斷

經驗告訴我們，單從外表來做_____是不可靠的。

過度 / 過渡

哥哥因為_____勞累，損害了健康。

寧可 / 寧願

我_____生活過得清貧一些，也不願意做自己不喜歡的事情！

瀕臨

面臨：面前遇到，一般指情況、問題、危機等。

瀕臨：含有急逼、危急的意思，一般指臨近某種不好的
境況，如絕種、死亡等。

 判斷

判斷：肯定或否定某種事物的存在，如是否合理，是否
生病等。

診斷：從醫學角度對人們的精神和身體狀態作出的判斷。

 過度

過度：超過一個限度。

過渡：發展過程中由一個階段轉入另一個階段。

 寧願

兩詞都有兩面比較，選擇其中一面的意思。「寧願」比
「寧可」所表達的意向更強烈一些。

徵求 / 謀求

他很正直，絕不會利用手上的
權力來 _____ 利益。

猜測 / 推測

根據科學的 _____，地
心的溫度大約是二萬度。

才能 / 才華

唱片公司賞識志華的音樂
_____，跟他簽訂了歌
星合約。

參加 / 參與

每逢週末，家明兩兄弟都去 _____
香港天文協會的活動。

答案 謀求

徵求：通過大的宣傳來尋求、求取。

謀求：想辦法得到。強調通過一些辦法去得到自己要求
　　　的東西。

答案 推測

猜測：只是憑想像去估計，不一定有甚麼根據。

推測：根據已經知道的事情來想像不知道的事情。

答案 才華

才能：側重於做事的能力。

才華：側重於文學藝術方面顯露出來的智慧和特長。

答案 參加

參加：加入某個組織、活動、團體等。

參與：以第二或協力廠商的身份加入某次活動。

草擬 / 起草

1945 年召開的聯合國國際
組織會議 ＿＿＿＿＿ 了《聯合國憲章》。

消除 / 排除

跑步可以 ＿＿＿＿＿
腦部疲勞，預防多
種精神疾病。

凝視 / 注視

不知道哥哥在想甚麼，
只見他對着魚缸呆呆地
＿＿＿＿＿ 了一會，轉
身就出去了。

清除 / 掃除

家中每一個角落都需要進
行徹底的大 ＿＿＿＿＿ 。

起草

草擬：粗略地擬出草案，多指各種計劃、設計、提綱等。

起草：多指擬定方針政策、規章等文件的初稿。

 消除

消除：使之不存在，除去的意思。一般指不好的東西，
　　　如顧慮、疾病、威脅、災難等。

排除：消除某種障礙，多指困難、影響、故障、糾纏、
　　　羈絆等。

 注視

凝視：較長時間，精神集中地看着某人或某物，多數指
　　　注目遠望。

注視：視線集中地看着某一點。對象可以是人、物或抽
　　　象事物。

 掃除

清除：全部去掉，對象指一般污垢、污泥、壞人、數據等。

掃除：用工具打掃骯髒東西，也可比喻快速徹底地除掉
　　　不好的事物，如文盲、障礙等。

敏銳 / 敏感

小芬太 _____ 了，經常以為身邊的同學說她是非。

名義 / 名譽

只有二十七歲的郎朗，已經擁有了多個 _____ 稱號。

補償 / 賠償

阿成在工作期間受傷，因此要求公司 _____ 損失。

輕視 / 忽視

大家 _____ 了小明的意見，就像沒聽到一樣。

 **敏感**

敏銳：側重於認識事物的能力快而準，僅用於人。

敏感：側重於心理或者生理上的感受能力，可用於人或物。

 **名譽**

名義：做某事時用來作為依據的名稱或稱號。

名譽：個人或集體的名聲，多指贈給的名義，含有尊重的意思。

 **賠償**

補償：在一方面有所損失，在另方面有所獲得，抵消了之前的損失。

賠償：因自己的行為令對方造成損失，給予補償。受益人是接受賠償的一方。

 **忽視**

輕視：重點在「輕」，指看不起或不認真對待人或事物。

忽視：不注意，不重視。一般是無意的，但比「輕視」更嚴重。

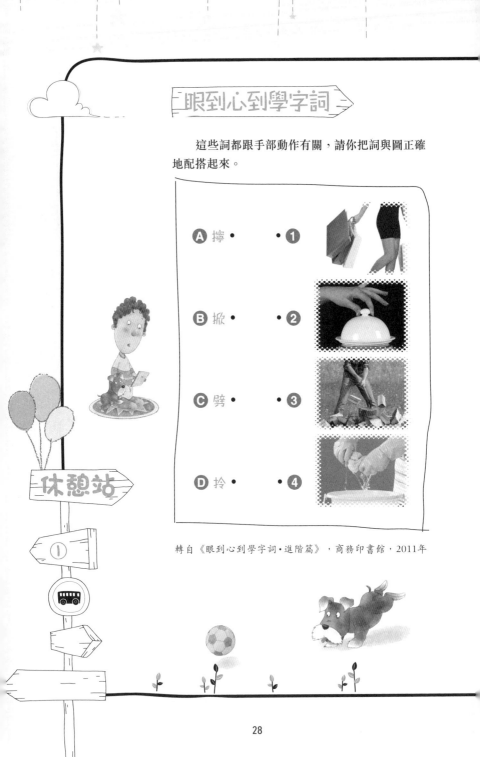

眼到心到學字詞

這些詞都跟手部動作有關，請你把詞與圖正確地配搭起來。

A 擰 •   • 1

B 掀 •   • 2

C 劈 •   • 3

D 拎 •   • 4

轉自《眼到心到學字詞・進階篇》，商務印書館，2011年

休憩站

28

詞語對對碰

請你為編號2-10的詞語找出它們的反義詞。

繁華	羨慕 (7)	遲鈍	渺小
退出	熱鬧	堅定 (2)	消失
隱藏 ①	離開	回避	冷靜
強大	持續 (3)	細小	揭露 (1)
保持	注視 (10)	後退	研究
面臨 (8)	猶豫	荒涼 (4)	忽視
敏感 (6)	妒忌	弱小	停頓
懷疑	雄偉 (5)	阻止	參加 (9)

答案在書末

廢除 / 解除 / 破除
考試前，我在老師的
幫助下終於＿＿＿＿＿
了緊張心理。

精密 / 嚴密 / 周密
他寫的這篇文章在結
構上十分＿＿＿＿＿。

場面 / 局面
政府需要盡快結
束目前這種混亂
的＿＿＿＿＿。

答案 解除

「廢除」的物品多是不合理的或無用的制度、條約、法令、規章、方法等。

「解除」的物品多是抽象的事物，如精神壓力、禁制、困境等。

「破除」指打破、破壞不合理的事物，如迷信、情面等，力度很猛。

答案 嚴密

精密：準確、精細，通常形容儀器、機械、語言、測量、計算等。

嚴密：毫無空隙，也指人們做事毫無漏洞。

周密：沒有遺漏，不疏忽大意。一般形容人的行為如計劃、設計、準備、安排等。

答案 局面

場面：在一定時間、地點所構成的情景，範圍比「局面」小。

局面：通常指一個時期內事情的狀態，如穩定的局面。

成績 / 成就

他因醫學方面的
_____ 而被授
予諾貝爾獎。

成效 / 收效

我們都期望投入最少
的時間而獲得最大的
_____ 。

呈現 / 浮現

這時候，他的腦海
裏 _____ 出一個
新的想法。

疲勞 / 疲乏

連續加了三天的班，
現在他的身體已經
_____ 到了極點。

成就

成績：一般工作、學習、生產、體育等方面的收穫。
成就：重大事情上取得巨大進展和優異成果。

成效

成效：在實踐中有功效的部分。
收效：多指一般工作中的收穫。

浮現

呈現：直接在眼前出現，較清楚，持續的時間長。
浮現：往事再現在腦中、在眼前，並不是真的看到。

疲乏

疲勞：勞動或運動後，身體需要休息的情況。
疲乏：着重指體力缺乏，精神困乏，常指連續緊張工
作，勞動過度，運動過分劇烈等情況。

批評 / 批判

我不怪你，因為你的 ＿＿＿＿ 對我而言是個反省自己的機會。

清楚 / 清晰

到了今天，他終於對所發生的事情有了 ＿＿＿＿ 的認識。

體會 / 體味 / 體驗

參加「提升潛力訓練班」對浩明來說是個全新的 ＿＿＿＿。

陳列 / 陳設

這個專賣店的 ＿＿＿＿ 顯得很有特色。

批評

批評：對象多是一般的缺點、錯誤。

批判：對象多是較嚴重的錯誤、缺失、壞行為等。

清晰

清楚：側重指內容不模糊。

清晰：側重指事物的外貌分明，程度上比「清楚」更容
易讓人了解。

體驗

體會：對象是別人要表達的意思、感情、心理等。

體味：對象是語言文字所包含的情意、趣味等。

體驗：對象是生活、現實等。

陳設

陳列：有計劃，有條理地把物品排列出來，給人參觀。

陳設：佈置物品，也可指陳列出來的物品。

體味 / 回味

阿超翻來覆去地看小敏的電郵，再三_____着這封信裏的意思。

絢麗 / 華麗 / 壯麗

北極光常常出現在北極的上空，散發出 _____ 多彩的光芒。

奔波 / 奔走

當聽到這個大快人心的消息後，人們 _____相告。

擔心 / 擔憂

爸爸目前的健康狀況令人十分 _____。

體味

體味：對象是語言文字所包含的情意、趣味等。

回味：從回憶中體會。

答案 **絢麗**

絢麗：着重指色彩方面，很豐富、美麗，經常用於景
物、服飾等。

華麗：着重指外表方面，很光彩、漂亮，經常用於建築
物、裝飾、衣着、文章等。

壯麗：雄壯有氣勢，色彩莊重，多數形容城市、大自然
的景象。

答案 **奔走**

奔波：為了生活，在外面辛苦工作。強調時間很長，經
過的地方很多。

奔走：急跑，通常為了一定目的，四處活動。

答案 **擔憂**

擔心：對某人或某事或某物不放心。

擔憂：形容人的內心狀態，感到憂慮和不安。

場所 / 場合

他身份高貴，經常出席盛大 _____，但對衣着並不講究。

寒冷 / 嚴寒

_____ 使我的耳朵有刺痛的感覺。

查詢 / 查問

員警 _____ 了這場事故的有關人員。

精細 / 精確

要到郊野攀山旅遊，必須帶備 _____ 的地圖，以免迷路。

場合

場所：活動的處所、地方。

場合：某個特定的時間、地點、情況。

嚴寒

寒冷：一般程度的冷。

嚴寒：很冷，比「寒冷」更進一步。

查問

查詢：一般的調查詢問。

查問：盤查、審問，程度較深入。

精確

精細：強調細緻、不粗糙。

精確：強調正確、沒有誤差。

溫和 / 溫柔

我以為會遭到責備，想不到她的態度很 _____，好像甚麼也沒發生過一樣。

贊助 / 資助

等我有能力的時候，我想 _____ 一些山區的失學兒童，讓他們有學可上。

發明 / 創造

他在這次奧運會上再一次 _____ 了新的世界紀錄。

創建 / 創立

這座圖書館 _____ 於 1980 年。

溫和

溫和：除了形容天氣不冷不熱，還可形容一個人的說話、
　　　態度、性情等很適中，讓人感到親切、舒服。

溫柔：一般形容女性的說話、態度讓人感到親切、舒服。

資助

贊助：用金錢或物品去支持和幫助，對象包括個人、團
　　　體、活動、慶典等。

資助：用金錢或物品去幫助有需要或有困難的人。

創造

發明：無中生有，指造出世上沒有的東西，如指南針、
　　　電燈等。

創造：多指刷新記錄，想出新措施，製造新產品和建立
　　　新理論方面。

創建

創建：首次建設，主要用在國家、機構、制度等方面。

創立：首次成立，一般用在黨派、學校等從無到有的建
　　　立過程。

措施 / 辦法

政府針對保護環境問題，推出了多項有效的 _____。

大概 / 大約

那次飛機失事 _____ 有幾十人下落不明。

抵達 / 到達

每天都進步一點點，這樣你就會離你想要 _____ 的目標更近些。

可惜 / 惋惜

今天發生了這樣的事情，志文心裏很為姐姐感到 _____。

措施

措施：針對某種問題、情況，提出解決問題的具體方
　　　法、手段，一般用於較大的事情。
辦法：處理事情或解決問題的方法，一般用在處理日常
　　　生活方面。

大約

大概：不太準確、詳盡，較多表示對情況的推測。
大約：表示估計的數字不十分準確。
兩詞有時相通，都有「有很大的可能性」的意思。

到達

抵達：到了某個地點，如機場、城市等。
到達：除了到了某個地點，也指到了某個時間、某個階段。

惋惜

可惜：對人或事物的意外事故表示同情。
惋惜：着重對人的不幸遭遇等表示同情，感情、語氣都
　　　比可惜重。

普通 / 普遍

平板電腦已在世界各地 _____ 使用。

奇怪 / 奇特

真 _____，
今年這裏竟然下起了大雪。

平凡 / 平常

這篇文章達不到他 _____ 的標準。

遭遇 / 遭受

她的不幸 _____ 引起了大家廣泛的同情。

普遍

普通：事物很平常、一般。

普遍：事物具有共同點，經常出現。

 奇怪

奇怪：出乎意料，讓人感到意外，難以理解。

奇特：多指特別的事物，但並不難以理解。

 平常

平凡：很常見，很普遍的意思，多指人，也指工作、事情。

平常：很一般，不特別的意思，多指人，也可指時間、
情況。

 遭遇

遭遇：碰上、遇到，一般指遇到不幸或意外，也可作名
詞使用。

遭受：受到，用於不幸或不利方面，如受到傷害或不善
的對待。

損害 / 傷害 / 危害
過去他們還沒有意識到這種
物質對環境的 ＿＿＿＿＿＿，
所以直接把它排放在海裏。

缺點 / 缺憾
我們覺得這世界有
＿＿＿＿＿＿，是因
為它不盡如人意。

創造 / 製造
人是怎樣來的？其中一個
説法是人是由神 ＿＿＿＿＿＿
出來的。

危害

損害：使事業、利益、健康等有所損失，程度較輕。

傷害：人或有生命的東西在身體組織、思想感情方面有
所損失，程度較損害重。

危害：使生命、秩序等受到破壞、有所損失，一般用在
國家、社會、生命等方面，已出現危險，程度較
重。

 缺憾

缺點：短處、不足的地方，是可以改變的。

缺憾：不完美的地方，是不可改變的，程度較「缺點」重。

 創造

創造：多指刷新記錄，想出新措施，製造新產品和建立
新理論方面。

製造：把材料加工成為物品，如製造機器。也指抽象事
物，如製造緊張氣氛、糾紛等。

毛病 / 弊病

這部手機經常出＿＿＿＿＿，真想把它扔掉！

考查 / 考核 / 考察

這個星期天，老師帶領我們到米埔去＿＿＿＿＿各種雀鳥的生活情況。

把握 / 掌握

＿＿＿＿＿一門新技能要花很多功夫。

大意 / 疏忽

她離職的時候，被批評為＿＿＿＿＿職責。

毛病

毛病：粗心、責任心不強或經驗不足等造成工作上的失
　　　誤。也可指物品有故障、人的缺點、生病等。
弊病：工作有嚴重問題，程度比「毛病」重。

掌握

把握：控制、抓住物品，作名詞用時指成功的根據或信心。
掌握：了解情況，自己能充分運用、支配，就像握在手
　　　中一般。

考察

考查：用一定的標準來進行檢查，對象一般是人的活
　　　動，如工作、活動、言論、成績、歷史等。
考核：考查後再加以審核，對象一般是官員、學生、工
　　　作、研究成果等。
考察：是實地觀察調查，對象一般是大自然、地理面
　　　貌、工程等，也用於工作人員或官員身上。

疏忽

大意：不注意，不留心，多指做事、處理問題方面。
疏忽：忽略，多指工作、職務、指揮等方面。

危急 / 危殆

該名奄奄一息的男子被送往醫院搶救，目前情況 _____ 。

答應 / 允許

請 _____ 我扶着您一起過馬路。

允許 / 容許 / 准許

蜜蜂是不 _____ 一巢之內有兩個蜂后存在的。

抑制 / 壓制

她再也不能 _____ 自己的情緒，眼淚奪眶而出。

答案 危殆

危急：面臨危險，情況緊急，重點在「急」上。

危殆：「殆」也是危險的意思，強調情況嚴重，非常危險。

答案 允許

允許：同意的意思。

答應：對別人的要求表示同意。比「允許」鄭重一些，
代表當面親口許可。

答案 容許

「允許」和「容許」都是同意、許可的意思，但「允許」
的語氣較輕，「容許」表達的意思就更強烈。

准許：同意別人的要求，通常用於上級對下級，長輩對
晚輩等。

答案 抑制

抑制：控制住，壓下去，一般用在自己的思想感情方面。

壓制：用強力制止，使不能充分發揮或表現出來，一般
用在他人他物，不用於自己。

限制 / 節制
請展開大膽的想像，不要被你的思維所_____。

約束 / 束縛
結了婚的人難道不該受婚姻的_____嗎？

任意 / 任性
要知道你已經成年了，不要再像個孩子那樣_____。

脫離 / 擺脫
這一次，他無論如何也要_____她的控制，他一天也等不了了！

限制

限制：設定一個範圍，不容許超過。

節制：有目的地控制住，不超過界限。

約束

約束：中性詞，提出限制，使不越出範圍。約束可以是
　　　正當的，也可以是不正當的。

束縛：貶義詞，把人或物控制在狹窄的範圍內。一般是
　　　不正當的，程度比「約束」重。

任性

任意：對人的言語、行動不加限制，不予約束。

任性：放任自己的性情去說話、做事，不理會後果。

擺脫

脫離：離開某種環境、情況、關係。

擺脫：想辦法使自己脫離束縛，程度比「脫離」重，對
　　　象一般是困難、厄運、窮困等不好的狀況。

思考 / 考慮

我們應該學會像智者那樣 _____。

軟弱 / 懦弱

在這件事情上做出這樣的反應，會顯得我們國家很 _____。

薄弱 / 微弱

已經是第十天了！但仍有一絲 _____ 的希望在她心中閃動着。

思考

思考：一個人對問題進行較深入、全面的思索活動，不
　　　一定會有結果。

考慮：思索問題，以便做出決定。着重於要有結果，以
　　　便做出正確的決定。

軟弱

軟弱：缺乏力量，可以形容人的身體、意志、性格，也
　　　可以形容團體、國家、動植物等。

懦弱：缺乏力量，又沒有勇氣，膽小怕事，一般形容人
　　　的意志、性格。

微弱

薄弱：容易破壞、不雄厚、不堅強，一般形容基礎、能
　　　力、環節等。

微弱：力量小、數量少，一般形容聲音、力量、氣息等。

前途／前景／前程
不管你現在做出甚麼樣的決定，它必將對你的 _____ 產生巨大影響。

生機／生氣
大地重新沐浴陽光，萬物又恢復了 _____ 。

生日／誕辰
今天是黃大仙的 _____ ，很多人到寺廟裏上香。

前途

前途：中性詞，原指前面的路途，比喻未來可能出現的
　　　情況。

前景：中性詞，指面前的、不久可以見到的景象。

前程：褒義詞，與「前途」意思相同。

 生機

兩者都有生命力，活力的意思。

生機：着重指生命存在和發展下去的機能表現很強，多
　　　適用於人、植物及生長植物的環境。

生氣：着重指有着很好的生存或生活的氣息，適用於人
　　　和事物。

 誕辰

兩者都指出生的時間。

生日：中性詞，用於一般人。

誕辰：敬詞，用於重要人物或你所敬重的人物，如父母。

擔當 / 擔任

從現在全球的經濟形勢看，中國將再一次_____重要角色。

盡力 / 極力

不知出於甚麼原因，對於這門親事，她_____阻攔。

開闢 / 開拓

用了短短幾年時間，他就跟同事一起把市場_____到了全球範圍。

查看 / 察看

水利工程師_____地形，開管道，引進河水。

答案 擔當

擔當：接受並負起責任，一般用於任務、艱巨的工作。
擔任：負責某種職務或工作，如「擔任女主角」。

答案 極力

盡力：着重指用盡一切力量去做一件事。
極力：着重指想盡一切辦法去做一件事。

答案 開拓

開闢：從無到有地打通、建設，通常指航線、通道、土
　　　地等。
開拓：從小到大地發展，擴大範圍。一般形容範圍大的
　　　事物，如市場、局面等。

答案 察看

查看：側重於檢查。
察看：側重於仔細觀察。

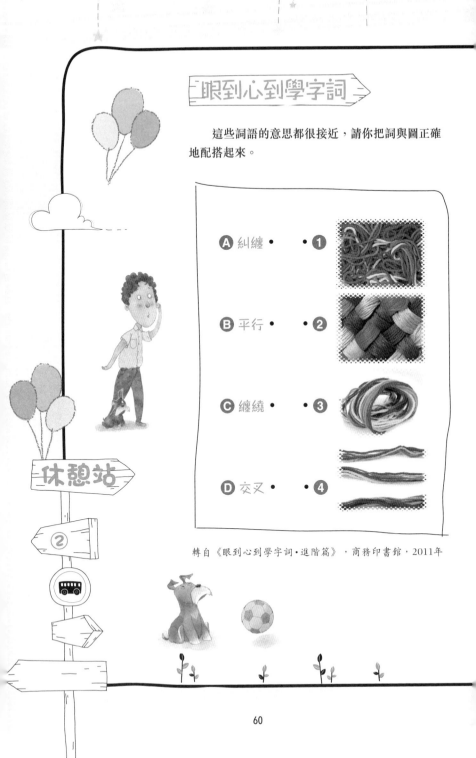

眼到心到學字詞

　　這些詞語的意思都很接近，請你把詞與圖正確地配搭起來。

A 糾纏 •　　• 1

B 平行 •　　• 2

C 纏繞 •　　• 3

D 交叉 •　　• 4

轉自《眼到心到學字詞‧進階篇》，商務印書館，2011年

詞語對對碰

請你為編號1-10的詞語找出它們的反義詞。

粗糙	幫助	複雜	推翻
創立 (5)	小心	簡單	限制 (9)
流暢	樸素	平凡 (7)	牢固
批評 (2)	危害 (6)	在意	華麗 (3)
古怪	掛念	正經	保障
薄弱 (10)	放心	精密 (1)	消失
責備	大意 (8)	強壯	突出
無害	擔憂 (4)	自由	讚揚

答案在書末

永久 / 永遠

祖父雖然離開我們了，但他_____活在我們心裏。

處罰 / 懲罰

大偉因為在課堂上玩手機而受到老師的_____，站着聽完了後半堂課。

冷落 / 偏僻

那個地方太_____了，一個人去恐怕會不安全。

發生 / 產生

我不希望看到的事情還是_____了。

 **永遠**

永久：形容詞，時間長久，着重事物的狀態不會改變。
永遠：副詞，久遠，沒有終止。

處罰

處罰：責罰犯錯或犯罪的人，使他們不敢再犯。
懲罰：嚴厲地處罰對方，程度比「處罰」重。

偏僻

冷落：冷清，沒甚麼人出現。
偏僻：很遠，很少人去到。

發生

發生：沒有的事出現了。
產生：已有事物中生出了新的事物。

開發 / 開墾

這裏土地非常稀缺，以至於農民們都在_____陡峭的、水土流失的每一寸坡地。

隱藏 / 隱瞞 / 隱蔽

為了_____自己的身份，他每次登記都用化名。

甜美 / 甜蜜

接電話的是一位聲音_____的女士。

幽雅 / 優雅

法國女人總是給人一種_____得體的感覺。

開墾

開發：對新的資源（自然、人力）加以利用、發展。

開墾：把荒地開闢成可以種植的土地。

 隱瞞

隱藏：藏起來，不讓人看見。

隱瞞：把真實情況遮蓋住，不讓人知道。

隱蔽：借助其他物品遮掩，躲藏起來。

![答案] **甜美**

甜美：一般形容味道、聲音的美好，也可以用來形容幸福愉快的感覺。

甜蜜：形容感到幸福、愉快的感覺，不會用來形容味道、聲音。

![答案] **優雅**

幽雅：清靜，得體而不俗氣，一般用來形容環境。

優雅：優美，大方得體，一般用來形容人的動作、打扮，也可形容環境、樂曲等。

傳授 / 教授

劉師傅想在有生之年把這門絕技 _____ 給自己最鍾愛的徒弟。

休息 / 休憩

你已經連續工作一整天了，晚上好好 _____ 一下吧！

辨別 / 區別

這兩幅畫有甚麼 _____ 呢？在我看來它們完全一樣。

緊急 / 焦急

他的情況十分 _____，請馬上送院治療。

傳授

傳授：把自己的技能、經驗傳給別人。傳授的人不一定
　　　是老師，只要有一技之長就可以，而學習的人也
　　　沒有限制。

教授：老師在課堂上教導學生學習知識。

休息

休息：在工作、學習中暫時停下來，使精力得以恢復。

休憩：身體感到勞累時，短暫地停一會，讓身體恢復。
　　　時間上「休憩」比「休息」短。

區別

辨別：根據事物的特點，做出判斷，弄清楚真假優劣。

區別：把兩個以上的物件加以比較，認識它們不同的地
　　　方。

緊急

緊急：必須採取行動，不能拖延。

焦急：心裏很緊張，十分着急。

吩咐 / 囑咐

小芳出發去考試場地前，媽媽一再_____她要放鬆一些。

寧靜 / 寂靜

我們約好下班後哪裏也不去，在家裏享受一個_____的夜晚。

著名 / 聞名

佛蘭克林是以他在電的領域裏的貢獻而_____於世的。

救援 / 救濟

目前他只能靠每月領取政府的_____金來過活。

囑咐

吩咐：口頭指派工作，命令別人做事。

囑咐：告訴對方記住應該怎樣，不應該怎樣。語氣帶有
　　　提醒、勸勉的意思。

寧靜

兩詞都形容環境的靜。

寧靜：重點在「寧」，指沒有人打擾，讓人感到安寧、舒服。

寂靜：重點在「寂」，指完全沒有聲音。比清靜、安靜、
　　　寧靜等更靜。

聞名

兩詞都是有名氣的意思。

著名：強調人物本身很出名，很突出。一般形容人物、
　　　城市、戰役等。

聞名：強調廣為人知，知名度很高。「舉世聞名」是常
　　　用成語。

救濟

救援：用行動去救助別人脫離困境。

救濟：用金錢或物資幫助災區或生活困難的人。

害怕 / 恐懼 / 畏懼
睜開眼睛，他看到周圍是冰冷黑暗的海水，一陣巨大的 ＿＿＿＿ 向他襲來。

實行 / 執行 / 履行
每個公民都不能不 ＿＿＿＿ 公民的基本義務。

消費 / 花費
她在鏡子前 ＿＿＿＿ 了好幾個鐘頭來打理她的長髮。

固執 / 頑固
這個 ＿＿＿＿ 的老人，一直到死都不讓女兒的私生子進門。

答案 恐懼

三詞都是心中不安、驚慌的意思。程度上,「害怕」最輕、「畏懼」比「害怕」重,「恐懼」最重。

答案 履行

實行:用行動去實現,如目標、政策、計劃等。

執行:根據政策、法律、計劃、命令等所規定的事項,用行動去實現。

履行:實踐自己答應做的事或應該做的事,如承諾、責任等。

答案 花費

消費:為滿足生活需要或精神享受而花錢。

花費:用掉、付出。

答案 頑固

固執:中性詞,堅持自己的想法,不肯改變。

頑固:貶義詞,指不肯改變,不願意接受新鮮事物,程度比「固執」深。

搶救 / 挽救 / 營救

他特意安排了這次旅行，
為的是 ＿＿＿＿＿ 他們岌岌可
危的婚姻。

關鍵 / 關頭

他把氣力保留下來，準
備在最後 ＿＿＿＿＿ 作最後
衝刺。

混濁 / 污濁

新界大部分河流的
水都很 ＿＿＿＿＿＿，
不能飲用。

尋求 / 追求

從那個時候他就領悟
到，當個政治家將是
他畢生＿＿＿＿＿的目標。

挽救

搶救：搶是爭奪的意思，指在危急情況下，與時間競
　　　爭，迅速地救助他人。

挽救：挽是拉的意思，指從危險的境地救回來，強調救
　　　援的結果，轉危為安。可用於人、民族、組織、
　　　局勢等。

營救：營是想辦法、定計劃的意思，指想方設法去救助
　　　他人。

 關頭

關鍵：最重要、起決定作用的部分。

關頭：起決定作用的時機、轉捩點。

 污濁

混濁：有雜質，不清澈。一般形容液體、社會。

污濁：不乾淨，有很多污垢。一般形容水、空氣、思想。

 追求

尋求：尋找、探求。

追求：竭力尋找或探求。「追求」與「尋求」相比，目標
　　　更明確，更盡心盡力。

沉沒／淹沒

當它被擊中後，很快就＿＿＿了。

混亂／紊亂

差不多十點了，我才躺到牀上，開始整理自己＿＿＿＿的思緒。

粉碎／摧毀

突如其來的地震＿＿＿＿了大量房屋。

摸索／探索

人類對宇宙的＿＿＿＿是沒有盡頭的。

74

沉沒

沉沒：沉入水中。
淹沒：被大水蓋過。

 紊亂

混亂：沒有條理，沒有秩序。一般形容思想、狀態、秩序、局面等。
紊亂：雜亂、凌亂。通常形容人的精神、情緒、身體功能等。

 摧毀

粉碎：破碎得像粉末一樣。
摧毀：用強大的力量徹底破壞。

 探索

摸索：通過試驗，尋求答案。對象一般是方向、方法、經驗等。
探索：多方面打探，尋求答案。對象一般是重大的疑難問題。

凌晨 / 黎明

_____ 即將過去，外面的世界慢慢蘇醒了。

散發 / 散播

由於家庭環境的影響，他整個人 _____ 出一種藝術氣質。

責任 / 義務

孝敬父母是我們每個人應盡的 _____ 。

特點 / 特色

威尼斯是建造在水面上的，是一個巨大的水城，這正是它的 _____ 。

黎明

兩詞都是指天快亮的時候。

凌晨：半夜之後到天快亮的一大段時間。

黎明：天將亮或天剛亮的一小段時間。

 散發

散發：分散地發出去，影響範圍很小。

散播：分散地播送出去，影響範圍可以很遠很大。

 義務

責任：①份內該做的事。②應該承擔的過失。

義務：①法律上或道德上應盡的責任。②不要報酬的。

 特色

特點：人或事物具有的獨特的地方。

特色：事物獨有的色彩、格調、樣子、風景、風格等，
　　　是很容易看見的。

指引 / 指點

母親是虔誠的教徒，
每天都會向神祈禱，
尋求祂的 _____ 。

驚異 / 驚訝

她這個時候出現在這
種地方，令人_____ 。

親身 / 置身 / 投身

這段時間她完全_____
到公司的運作中去，想
用工作來麻醉自己。

分析 / 分解

他的 _____ 一針見
血，完全抓住了事
情的本質。

指引

指引：指出來使人知道方向、方法，懂得該怎樣做。

指點：指出來使人明白其中道理，讓不懂的變懂，已懂
　　　的更進一步。

 驚訝

驚異：重點在「異」，指很奇特、與別不同，讓人吃驚。

驚訝：重點在「訝」，指意料之外，讓人吃了一驚。

 投身

親身：自己去做，去嘗試。

置身：把自己放在某個環境或場合。

投身：自己參與進去，投放了全部的氣力、熱情。

 分析

分析：找出事物內部各部分的關係，找出它的性質、特
　　　點。

分解：把一個完整的個體，分成多個部分。

符合 / 適合

她很 _____ 他心目
中未來妻子的形象。

特性 / 特徵

大而凸出的眼睛是
青蛙的 _____。

遷移 / 遷徙

很多鳥類都是
隨季節的變化
而 _____。

知道 / 了解

我們認識這麼多年
了，沒有人像我這
樣 _____ 你。

分佈 / 分散

彝族主要 _____ 在雲南、
四川和貴州三個省。

符合

符合：與樣子、形式或標準一致，沒有分別。
適合：指與需要、要求相同。

特徵

特性：指特有的性質，專指內在的特殊性質。
特徵：指顯著的特點，多指外表的、形式上的特點。

遷徙

遷移：從一個地方遷到另一個地方。
遷徙：指搬家，從一個地方遷到另一個地方居住。

了解

知道：對於道理或事實有所認識。
了解：知道得很清楚。
「知道」指一般的認識，「了解」指較全面深入的認識。

分佈

分佈：重點在「佈」，指分散在一定的地區、範圍內。
分散：重點在「散」，指散在各個地方，不集中在一起。

私自 / 私下

如果我對於改善管理工作有甚麼好主意，我會先 _____ 跟你提出來。

行李 / 行裝

她細心地整理着 _____：白襯衣、深灰色西裝，小黑裙和藏藍色的小洋裝。

真誠 / 真摯

當別人做得非常好的時候，請給予 _____ 的讚美。

驚惶 / 驚懼

這時一條黑影一閃而過，她內心 _____ 到了極點，幾乎要喊出聲來。

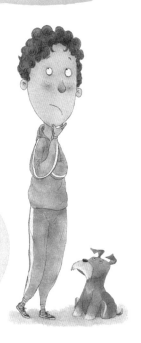

答案 私下

私自：背着別人去做不合規矩的事情。

私下：不通過正常手續而在背地裏進行。

答案 行裝

行李：外出時帶的包裹、箱子等。

行裝：外出時所帶的衣服，如「整理行裝」。

答案 真誠

真誠：誠實，不虛假。一般形容人的態度，如「待人真
　　　誠」。

真摯：真切，誠懇。一般形容人的感情、情意，如真摯
　　　的友誼、愛情等。

答案 驚懼

驚惶：因受驚，內心感到不安，言語行動有點失常，如
　　　「驚惶失措」。

驚懼：因受驚，內心極度害怕。程度上比「驚惶」更嚴
　　　重。

照常 / 依舊

別人都走了，他 _____ 坐在那裏看書。

腐敗 / 腐爛

這本雜誌沒有懾於壓力，勇敢地揭露了這個富商的 _____ 生活。

安定 / 穩定

在過了幾年居無定所的生活之後，他很焦急地想要 _____ 下來。

資料 / 材料

這堂課我們將使用一種新的 _____ 來做實驗。

依舊

照常：跟平常一樣，沒有改變，多指活動、工作方面不
作改動。

依舊：跟原來一樣，多指情況、景物、世事照舊不變。

 腐敗

「腐敗」與「腐爛」都是東西因為細菌侵蝕而變壞的意
思。

「腐敗」可用於比喻人的思想、生活，或政權、團體等
敗壞、墮落。「腐爛」沒有這種用法。

 安定

安定：着重「安」，指生活、人心、局勢很正常，平靜，
沒有騷擾。

穩定：着重「穩」，指穩當，沒有波動、變化。

 材料

資料：①生產或生活中必需的東西。②作為依據的東西。

材料：①可以直接造成物品的東西。②提供寫作內容的
事物。

憂愁 / 憂鬱

長期的失眠會讓人的性格變得＿＿＿。

補助 / 補貼

今天我才知道，爸爸這幾年打了兩份工來＿＿＿家用。

表示 / 表明

我們一起站立，以＿＿＿對班長的支持。

弊病 / 弊端

他這樣做的＿＿＿很明顯，那會讓他失去所有人的支持。

補助：指用錢加以幫助。

補貼：亦作「補帖」，指為生活困難的人提供的金錢或生活物品。

憂愁：重點在「愁」，因擔憂而發愁。

憂鬱：重點在「鬱」，憂愁之外，還悶悶不樂。

表示：顯示出某種想法、感情、態度、意義等。

表明：更進一步，很清楚地「表示」出來。

弊病：工作上的缺點、毛病。

弊端：由於工作出了問題或有所疏忽而發生的有害事情。

眼到心到學字詞

這些詞語的意思都很接近，請你把詞與圖正確地配搭起來。

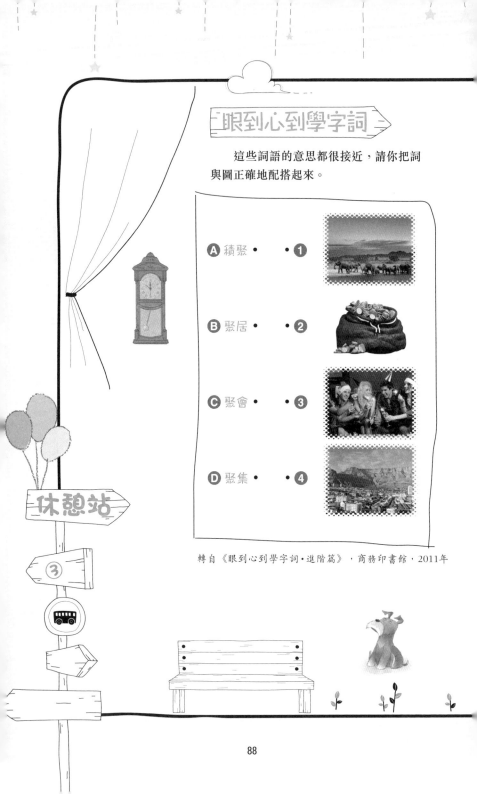

A 積聚 •

B 聚居 •

C 聚會 •

D 聚集 •

• 1

• 2

• 3

• 4

轉自《眼到心到學字詞‧進階篇》，商務印書館，2011年

詞語對對碰

請你為編號1-10的詞語找出它們的反義詞。

遙遠	鎮定	固執 (4)	鮮美
開放	優雅 (2)	動搖	了解 (6)
憂鬱 (10)	健康	暢通	熱鬧
冷清	艱苦	義務 (5)	精神
動盪	醜陋	陌生	甜美 (9)
焦急 (3)	責任	鬆弛	權利
疑惑	穩定 (8)	模糊	粗暴
偏僻 (1)	開通	苦澀	腐爛 (7)

答案在書末

89

平行 / 平等

談判應該建立在互相 _____ 的基礎之上。

干涉 / 干預

父親雖然與大哥在同一家公司工作，但是他從來不 _____ 大哥工作的事情。

對照 / 對比

你該拿這個標準 _____ 一下自己，看看差距有多大。

協作 / 協調

做這個動作的時候，左右手要 _____，用力要適當。

平等

平行：等級相同，沒有上下屬的關係。
平等：指享有同等權利、地位。

干預

干涉：不該管而管。
干預：過問、參與別人的事情。

對照

對照：把兩種事放在一起觀看，找出相同與不相同的地
　　　方。
對比：把兩種事物拿來比較，顯示出差別。

協調

協作：行動上互相支持、配合。
協調：配合，恰到好處。

放手 / 放任

老師把佈置壁報的工作交給我們，讓我們_____去做。

補救 / 補償

農夫的莊稼被我們踩壞了，我們應該主動對他們的損失做出_____。

動靜 / 動態

報紙爭相報導今年特首選舉的最新_____。

交替 / 交織

學校的足球隊正處於新舊_____的階段。

放手

放手：①解除限制，拋開憂慮，大膽去做。②鬆開握住
　　　物體的手。
放任：聽其自然，不加約束或干涉。

補償

補救：事後採取措施，改正錯誤。
補償：把欠缺的補足，抵消損失。

動態

動靜：指人或動物的動作、說話。
動態：事物變化發展的情況。

交替

交替：互相替換，輪流。
交織：交叉地組合起來。

強迫 / 強制

鬧鐘響了幾遍之後，阿明 ＿＿＿＿ 自己從牀上坐起身。

在意 / 介意

我想要打開窗戶，不知道你 ＿＿＿＿ 嗎？

挽救 / 挽回

在這千鈞一髮的時刻，他伸出手接住了她，及時 ＿＿＿＿ 了一條小生命。

調節 / 調整

面對突如其來的情況，導遊不得不 ＿＿＿＿ 旅行團的行程安排。

強迫

強迫：施加壓力，迫對方服從。

強制：用法律、政治或經濟力量去強迫、控制，使對方
　　　服從。

 介意

在意：留意，放在心上。

介意：記在心裏，多指不愉快的事情。

答案 **挽救**

挽救：從危險中救回來，變得安全。

挽回：把不利的局面改變過來，變成有利。

答案 **調整**

調節：加以整理，使合乎要求。

調整：改變原先的計劃、安排，使適合當前的需要。

急促 / 急劇

家庭的變故使得麗香的學習成績 _____ 下降，到這學期末，她竟然退學了。

優良 / 優秀 / 優異

她以 _____ 的會考成績，同時被幾家大學取錄。

劇烈 / 濃烈

他喝水喝得太急，引起了一陣 _____ 的咳嗽。

取代 / 取締

這樣不合理的法規，早就該被 _____ 。

急劇

急促：快而短促。
急劇：迅速而猛烈。

優異

優良：十分好。
優秀：非常好。
優異：特別好，與別不同。
好的程度(由低至高)：優良→優秀→優異

劇烈

兩詞都有程度很深的意思。
劇烈：着重指動態事物如運動、競爭等反覆變動。
濃烈：着重指感情、氣味方面很厚重，強烈。

取締

取代：把別人或別的事物除去，佔有其位置。
取締：指下令取消或禁止不合法的活動。

同伴 / 夥伴

阿文和我不僅是好朋友，
還是合作_____的關係。

開放 / 公開

這所圖書館是對
公眾_____的。

沉重 / 笨重

飛機像一隻_____
的大鳥，緩緩地滑
行在跑道上。

表揚 / 表彰

他以傑出的業績得到公司
領導人的_____。

夥伴

同伴：在一起工作或生活的人。

夥伴：一起參加某個組織或參與某個活動的人。

「夥伴」的彼此關係比「同伴」親密。

開放

開放：不作限制，允許進入。

公開：將事情的內容告訴大眾。

笨重

沉重：重點在「沉」，指份量大，必須用很大氣力才能舉
　　　起或移動。也可以用來形容心情、壓力等。

笨重：重點在「笨」，指體型大，份量重，不靈活。

表彰

表揚：公開地稱讚。

表彰：公開而隆重地稱讚嘉許。大多用於突出貢獻、偉
　　　大功績、英雄事跡等。

傷心 / 悲傷

不就是打翻了一杯咖啡嗎？這點小事不值得 _____ 。

壯觀 / 奇觀

在「小鳥的天堂」黃昏時分你可以看到百鳥歸巢的 _____ 。

更新 / 變更

這個舉報垃圾電話的資料庫每天都在 _____ 資料。

稀少 / 稀疏

這種有色金屬資源愈來愈 _____ 了。

傷心

傷心：遇到不幸或不如意的事而心裏痛苦。

悲傷：指親友死去或遇到重大挫折而內心悲哀痛苦，程
　　　度上比「傷心」更痛苦、難過。

 奇觀

兩詞都指形象的美。

壯觀：重點在「壯」，着重雄偉、壯麗。

奇觀：重點在「奇」，着重罕見，不同尋常。也可指出奇
　　　少見的事情。

 更新

更新：重點在「新」，把舊的除去，換上新的。

變更：改變、更換。

 稀少

稀少：重點在「少」，形容數量很少，難得一見。

稀疏：重點在「疏」，指數量很少，餘下的空間很多。

偵查 / 偵察

這個經驗豐富的老戰士奉命前去 _____ 敵人的彈藥庫。

侵吞 / 侵蝕

岩石的表面因為風沙的 _____ 而變得粗糙不堪了。

扛 / 抬

爸爸一個人 _____ 起那袋大米，搖搖晃晃地走在了前面。

剝 / 削

如果你手法高明的話，_____ 下來的梨皮可以從頭到尾連成一個整體。

偵察

偵查：指為了弄清楚犯罪的事實，進行調查。

偵察：指為了弄清楚敵人的動向，進行調查。

答案 **侵蝕**

侵吞：侵佔、吞沒公眾或私人的財物。

侵蝕：逐漸傷害，使物體受到傷害。

答案 **扛**

扛：指用肩膀承托物品。

抬：多人一起用手或肩膀去搬東西。

答案 **削**

剝：用手或工具去掉物體外面的皮或殼。

削：用刀斜着去掉物體的表層。

擠壓 / 擠迫

一進入溶洞，他就感到四面的岩石向他 _____ 過來，他快要喘不過氣來了。

喚 / 吼

進了野生動物園，遠遠地我們就聽到獅子的 _____ 叫聲。

蹲 / 跪

我必須要 _____ 下來才能繫好我的鞋帶。

壓縮 / 收縮

這台折疊式單車不用時可以把它 _____ 起來，不然屋裏放不下。

 **擠壓**

擠壓：指從四面向中間壓過去。

擠迫：指在很小的空間裏擠滿了人或其他物品。

 吼

兩詞都是發出聲音的意思。

喚：發出較大的聲音，使對方注意或跟着聲音而來。

吼：①人發怒或情緒激動時大聲叫。②動物大聲叫。

 蹲

兩詞都是腳部的動作。

蹲：兩腿盡量彎下去像坐的樣子，但是屁股不碰到地面。

跪：兩腿彎起來，使一個或兩個膝蓋落在地板上。

 收縮

壓縮：加大壓力，使物品的體積縮小。

收縮：物體由大變小，或由長變短。

揹 / 馱

媽媽在埃及旅遊時，經常看到 ＿＿＿＿ 着糧食的駱駝在路邊走着。

顫動 / 震盪

一陣微風吹過，樹葉在風中微微 ＿＿＿＿ 着。

擰 / 拎

這個把手可以 ＿＿＿＿ 緊一些，不然過陣子會掉下來的。

倒退 / 回落

這支股票的價格在昨天大幅上漲後，今天又驟然 ＿＿＿＿ 了。

馱

揹：用背部承受物體的重量，如「揹着書包」。

馱：用背部去承受較重的物品，可以指人或動物。

擰

擰：兩隻手握住物體的兩邊，分別向相反的方向用力。

拎：用手提着。

顫動

顫動：物體動得又急又短又多次，動的幅度往往不大。

震盪：物體抖動得很急很多次，動的幅度往往較大。

回落

倒退：物體向後退，通常用來指位置、發展水準或時間上的後退。

回落：指水流位置或物品價格在升高之後再降低。

呼喚／呼籲

他們在山頂上，大
聲 _____ 着後面同
伴的名字。

分離／分裂

在那次大型會議
過後，這個公會
_____ 成了幾個
小組織。

暴露／展示

他脫口而出的這
句話一下子把
他的野心完全
_____ 出來了。

啟用／啟動

昨天社區內的業主娛樂
中心正式 _____ 了。

呼喚

呼喚：大聲地喊叫。

呼籲：為了得到個人或社會的幫助支持，把事情大聲地
　　　說出來。

答案 分裂

分離：重點在「離」，指從一個團體中離開，可指人或物
　　　體。

分裂：重點在「裂」，指一個整體的事物分裂成幾個獨立
　　　的部分。

答案 暴露

暴露：指本來藏着的事物被發現了。

展示：清楚地擺出來，表現出來。

答案 啟用

啟用：使新的場所、設施正式使用。

啟動：使機器、設備等開始工作。

環繞 / 旋轉

不用懷疑，人造衛星每天是 _____ 着地球飛行的。

平衡 / 均衡

我們要試着掌握生活和學習之間的 _____ 。

晃動 / 擺動

楊柳的枝條輕輕地隨風 _____ 。

蕩漾 / 洶湧

船在波濤 _____ 的大海上劇烈地顛簸着。

環繞

環繞：圍住、繞着的意思。

旋轉：物體圍着一個固定的中心轉動，就像風扇轉動那樣。

平衡

平衡：指對立的各個方面在數量或質量上平均相等。

均衡：事物的各個方面在數量或質量上很均勻。

擺動

兩詞都是來回搖動的意思。

晃動：着重指反復地或者波浪式的搖動。

擺動：通常都有一個固定點。

洶湧

蕩漾：水波一起一落地動，但動的幅度較小。

洶湧：水很大力地向上湧或向前面翻滾。

觀察 / 打量

他抬起頭，仔細 ＿＿＿＿＿ 打招呼的 那位女子。

莊重 / 隆重

小明長這麼大，頭一次 出席這麼 ＿＿＿＿＿ 的場 合，他的手都不知道該 怎麼放了。

交換 / 交流

晚會最後進行同學之間一 對一 ＿＿＿＿＿ 禮物的環節。

打量

觀察：仔細察看客觀事物或現象。

打量：專指仔細察看人的衣着和外貌。

 隆重

莊重：指人的行為、說話不隨便。

隆重：指場面盛大，而且很正式，不能隨便對待。

 交換

交換：把自己的東西交給對方，換來對方的東西。

交流：彼此把自己有的提供給對方，交流的一般是無形
　　　的東西，如意見、想法、經驗、心得等。

答案

休憩站 1

眼到心到學字詞

A4 B2 C3 D1

詞語對對碰

2 堅定 → 猶豫
3 持續 → 停頓
4 荒涼 → 繁華
5 雄偉 → 渺小
6 敏感 → 遲鈍
7 羨慕 → 妒忌
8 面臨 → 回避
9 參加 → 退出
10 注視 → 忽視

休憩站 2

眼到心到學字詞

A1 B4 C3 D2

詞語對對碰

1 精密 → 粗糙
2 批評 → 讚揚
3 華麗 → 樸素
4 擔憂 → 放心
5 創立 → 推翻
6 危害 → 保障
7 平凡 → 突出
8 大意 → 小心
9 限制 → 自由
10 薄弱 → 牢固

休憩站 3

眼到心到學字詞

A2 B4 C3 D1

詞語對對碰

1 偏僻 → 熱鬧
2 優雅 → 粗暴
3 焦急 → 鎮定
4 固執 → 開通
5 義務 → 權利
6 了解 → 陌生
7 腐爛 → 鮮美
8 穩定 → 動盪
9 甜美 → 苦澀
10 憂鬱 → 開朗